Le pire des meilleurs amis

Alexis O'Neill

Illustrations de
Laura Huliska-Beith

Texte français d'Isabelle Allard

Éditions
SCHOLASTIC

Le titre a été composé en caractères Eatwell Chubby et Drunk Robot Farmers Daughter.

Le texte a été composé en caractères Futura 14 points.

Conception graphique : Marijka Kostiw

Édition publiée par les Éditions Scholastic, 604, rue King Ouest, Toronto (Ontario) M5V 1E1.

5 4 3 2 1   Imprimé au Canada   09 10 11 12 13

Catalogage avant publication de Bibliothèque et Archives Canada

O'Neill, Alexis, 1949-

Le pire des meilleurs amis / Alexis O'Neill ;

illustrations de Laura Huliska-Beith ;

texte français d'Isabelle Allard.

Traduction de: The worst best friend.

Niveau d'intérêt selon l'âge: Pour les 4-7 ans.

ISBN 978-0-545-99939-4

I. Huliska-Beith, Laura II. Allard, Isabelle III. Titre.

PZ23.O62Pi 2009   j813'.54   C2009-900040-7

personnes
célèbres
pas très grandes

Napoléon
Poucette
Mini-moi

Tous nos remerciements aux élèves de l'école Baldwin Stocker d'Arcadia, en Californie.

Avec toute mon affection aux meilleures, meilleures amies : Barbara et Linda, Donna et Corinne, ma DKB, Dot, et (bien sûr) Ede. — A.O.

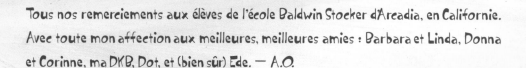

Un gros merci à Leslie et Marijka pour m'avoir aidée à faire les meilleurs, meilleurs dessins possible. — L.H.B.

En souvenir de Tip et John,
et des frères Steve et Mike Mahoney. — A.O.

Pour mon meilleur, MEILLEUR ami, Jeff
(au max de l'indicateur d'amitié) — L.H.B.

Olivier et Julien,
Julien et Olivier

sont les meilleurs,
MEILLEURS
amis du monde.

Toc, toc!

Tope là!

Tape, tape!

Tchic-tchac!

Clac!

Olivier et Julien, Julien et Olivier
mangent ensemble,
lisent ensemble,
jouent ensemble :

au kickball

au basket-ball

au ballon chasseur,

au chat.

Puis un jour...

le directeur entre dans la classe.

Il est avec un garçon. Un très **GRAND** garçon.

— Bonjour, les enfants. Voici Victor. Il est nouveau.

— Saluuuut! lance Victor.

— Saluuuut! répond la classe.

— **SALUUUUT**

crie Julien plus fort que tout le monde.

Viens t'asseoir avec nous!

Alors, Olivier et Julien,

Julien et Olivier,

les meilleurs, meilleurs amis,

font une place à Victor.

Pendant la récré,

Victor jase, jacasse et fait le fanfaron.

— Regardez! J'ai une médaille

dans **TOUS** les sports.

— **Ooooooh!** dit Julien.

— Allez, viens jouer, dit Olivier.

— Restons ici, dit Julien.
Il est génial!

Victor

jase

et

jacasse

et fait

encore

le fanfaron.

Olivier s'éloigne.

Le lendemain,
Julien et **VICTOR, VICTOR** et Julien
marchent ensemble,
mangent ensemble,
jouent ensemble.

Il n'y a plus de place pour Olivier.

PLAT DU JOUR

TARTE AU THON ET AU MELON

CRÈME GLACÉE AU BROCOLI

Olivier ne sait plus
où il en est.

Est-il **TRISTE?**

Est-il **FÂCHÉ?**

Que va-t-il faire?

À la récré,
Olivier sort
de l'école
en courant.
zip,
zap,
zoup.

— Hé! Qui veut
jouer avec moi?
crie Olivier,
le ballon sous le bras.

Victor déclare :
— Je suis le capitaine
de l'équipe des Rouges!
Qui veut GAGNER?

Olivier est furieux.

Ce garçon est nouveau!

En plus de lui voler son ami

— son meilleur, meilleur

ami —, il se nomme

capitaine *avant* lui!

— Eh bien,
moi, je suis
le capitaine
des Bleus!
réplique-t-il.

Les deux capitaines forment leur équipe.

Olivier choisit un joueur.

Victor choisit un **GRAND** joueur.

Olivier choisit un autre joueur.

Puis Victor choisit un **TRÈS, TRÈS** GRAND joueur.

Personne ne choisit Julien.

Les capitaines continuent.

— Hé, Victor!

chuchote Julien.

Et moi?

Olivier regarde son ami — **son pire meilleur ami** —

adossé à la clôture.

« Ce n'est pas juste, pense-t-il.

Pourquoi Victor a-t-il fait ça? »

Puis il dit :

— Je choisis **JULIEN.**

— Moi? demande Julien.

— Oui, toi, dit Olivier. Viens jouer.

Les joueurs s'échauffent.

La partie commence.

Lance!

Botte!

Cours!

Attrape!

À trois reprises, les Rouges attrapent le ballon.

— Retiré! C'est à nous! crie Victor sur le terrain.

L'équipe des Bleus lance, court et saute.

Mais le ballon vole si vite et si haut que l'équipe
d'Olivier ne peut pas l'attraper.

Un à un, les Grands Joueurs
bottent le ballon qui vole dans les airs.
À chaque manche, c'est la même chose.

– On a gagné!
On a gagné!

s'écrie Victor du marbre.

Et il fait une petite danse triomphante.

Julien

regarde

Victor.

Julien

regarde

Olivier.

Et il dit à son ami,

à son VRAI

DE VRAI ami :

— Merci de m'avoir choisi.

Olivier lance le ballon sur le mur.

— J'ai été **le PIRE des meilleurs amis,** dit Julien.

— **Le pire des PIRES amis,** ajoute Olivier.

Julien baisse la tête.

— Es-tu toujours mon ami? demande-t-il.

Olivier fait rebondir le ballon.

Il le fait tourner.

Il lui donne un coup de pied.

— Hum...

Alors Olivier et Julien,

Julien et Olivier

sont redevenus les meilleurs,

MEILLEURS

amis du monde.

Toc, toc!

Tope là!

Tape, tape!

Tchic-tchac!

Clac!